Agatha

MARGUERITE DURAS

Agatha

LES ÉDITIONS DE MINUIT

ISBN 2-7073-0524-3

C'est un salon dans une maison inhabitée. Il y a un divan. Des fauteuils. Une fenêtre laisse passer la lumière d'hiver. On entend le bruit de la mer. La lumière d'hiver est brumeuse et sombre.
Il n'y aura aucun autre éclairage que celui-là, il n'y aura que cette lumière d'hiver.
Il y a là un homme et une femme. Ils se taisent. On peut supposer qu'ils ont beaucoup parlé avant que nous les voyions. Ils sont très étrangers au fait de notre présence devant eux. Ils sont debout, adossés aux murs, aux meubles, comme épuisés. Ils ne se regardent pas. Dans le salon il y a deux sacs de voyage et deux manteaux mais à des endroits différents. Ils sont donc venus là séparément. Ils ont trente ans. On dirait qu'ils se ressemblent.

La scène commence par un long silence pendant lequel ils ne bougent pas. Ils se parleront dans une douceur accablée, profonde.

LUI. — Vous aviez toujours parlé de ce voyage. Toujours. Vous avez toujours dit qu'un jour ou l'autre l'un de nous deux devrait partir.

Temps. Elle ne répond pas.

LUI. — Vous disiez : « Un jour ou l'autre il le faudra. » Rappelez-vous.

ELLE. — Nous avons toujours parlé de partir, toujours il me semble, quand nous étions des enfants déjà. Il se trouve que je suis celle qui le fera.

LUI. — Oui. *(temps)* Vous en parliez comme d'une obligation qui aurait dépendu de notre seule volonté. *(temps)*

ELLE. — Je ne sais plus. Je ne me souviens plus bien.

LUI. — Oui...

Silence.

LUI. — Vous disiez je crois que si lointaine qu'elle soit il nous faudrait provoquer cette obligation de nous quitter, qu'un jour il nous faudrait choisir une date, un lieu, et s'y arrêter, et ensuite faire de telle sorte qu'on ne puisse plus empêcher le voyage, qu'on le mette hors d'atteinte de soi.

ELLE. — Oui. Je me rappelle aussi, oui, qu'on aurait dû, de même, décider d'un nom, du nom de quelqu'un qui devrait accompagner le voyage, partir avec vous.

LUI. — Pour justement qu'il vous empêche de le remettre à plus tard ? Plus tard encore ?

ELLE. — Peut-être. Oui.

Temps.

ELLE. — C'est un homme très jeune. Il doit avoir l'âge que vous aviez sur cette plage. *(temps)* Vingt-trois ans, je crois me souvenir.

Pas de réponse. Silence. Elle regarde par la fenêtre.

ELLE. — La mer est comme endormie. Il n'y a aucun vent. Il n'y a personne. La plage est lisse comme en hiver. *(temps)* Je vous y vois encore. *(temps)* Vous alliez au-devant des vagues et je criais de peur et vous n'entendiez pas et je pleurais.

Silence. Douleur.

LUI *(lenteur).* — Je croyais tout savoir. Tout.

ELLE. — Oui.

LUI. — Tout avoir prévu, de tout, de de tout ce qui pourrait survenir entre vous et moi.

ELLE *(bas, comme un écho).* — Oui.

LUI. — Je croyais avoir tout envisagé... tout... et puis, voyez...

Silence. Il ferme les yeux. Elle le regarde.

ELLE. — La douleur, non, ce n'est jamais possible.

LUI. — C'est ça... jamais... on croit la connaître comme soi-même et puis, non... chaque fois elle revient, chaque fois miraculeuse.

Silence.

ELLE. — Chaque fois on ne sait plus rien, chaque fois... devant ce départ par exemple... on ne sait plus rien.

LUI. — Oui. *(temps)* Et tu vas partir.

ELLE. — Oui... sans doute... oui...

Silence. Ils se regardent.

LUI. — Vous avez dû mentir aussi. *(temps)*

ELLE. — Quand ?

LUI. — Quand vous m'avez envoyé le télégramme sur le rendez-vous. *(temps)* « Viens. » « Viens demain. » *(temps)* « Viens parce que je t'aime. » *(temps)* « Viens. »

Silence. Ils ne se regardent plus.

ELLE. — Je ne pouvais pas dire autrement. Je n'ai pas menti.

LUI. — Vous auriez pu dire : « Je pars. Viens, je pars. » *(temps)* « Viens puisque je pars, puisque je te quitte, puisque je pars. »

ELLE. — Non. Je ne voulais pas dire que je voulais vous revoir avant de partir. *(temps)* Je ne voulais pas dire que je vous quittais, non, je voulais vous voir je crois, rien d'autre, vous voir. Et puis vous quitter ensuite, très vite après, comme à l'instant même où je vous aurais vu.

Silence.

ELLE. — Tout est si obscur, oui je crois que je pars en raison de la force si terrible de cet amour que nous avons l'un de l'autre.
LUI. — Oui.
ELLE. — Je n'ai pas pu éviter ce voyage. J'ai envie de vous quitter autant que j'ai envie de vous voir, je me laisse aller à ces choses sans les comprendre.
LUI. — Oui.

Il est d'accord avec elle sur son incertitude, son désarroi.

LUI. — Sur le point précis de la date tu as dû mentir aussi.
ELLE. — Non. Quand je vous ai écrit je ne la connaissais pas encore. Je ne la connais que depuis hier. Je vous ai télégraphié dès que je l'ai sue.

Ils se regardent de nouveau.

LUI *(bas).* — Tu pars quand, Agatha ?
ELLE. — Demain. Très tôt. A quatre heures du matin, dans la nuit noire *(sourire douloureux).* Vous connaissez ces avions, le soleil se lève après les Açores.
LUI. — Oui.
ELLE. — Une femme vous y avait emmené une fois, vous étiez très jeune,

c'était au printemps. *(temps)* Une amie de notre mère.

LUI. — Je crois. Je ne sais plus. C'était avant toi, je ne sais plus.

Silence long. Ils se regardent encore.

LUI. — Ainsi votre corps va être emporté loin de moi, loin des frontières de mon corps, il va être introuvable et je vais en mourir.

Pas de réponse.

LUI. — Il ne sera plus rien.

ELLE. — Non.

LUI. — Il ne sera plus ni vivant ni mort, il sera à moi de cette façon-là.

ELLE. — Oui, il est à vous.

Silence.

LUI. — C'est ce que vous vouliez me faire.

ELLE. — Oui.

LUI. — Cette souffrance.

ELLE. — Oui.

LUI. — Agatha, Agatha.

ELLE. — Oui.

Ils ne se regardent plus.

LUI. — Et me le dire ainsi, vous le vouliez aussi ?

ELLE *(violence)*. — Oui. Je tenais à vous annoncer ce départ comme je le fais en ce moment, face à vous, à vos yeux.

Ils ferment les yeux. Temps.

ELLE. — Quel désir de vos yeux.

LUI. — Oui. *(temps)* Mais que serontils ? *(temps)* Que me restera-t-il à voir si vous n'êtes plus là ? Si vous vous tenez dans cette horreur de vous éloigner si loin de moi ?

ELLE. — Ce sera le même ciel. L'Est restera là où il est. Et la mort. Alors vous voyez. Rien n'y fera.

Toujours évanouis tous les deux face à nous, anéantis. La violence la quitte, elle cède à la douceur.

ELLE. — Je vois que vous avez quinze ans, que vous avez dix-huit ans. *(temps)* Que vous revenez de nager, que vous sortez de la mer mauvaise, que vous vous allongez toujours près de moi, que vous ruisselez de l'eau de la mer, que votre cœur bat vite à cause de la nage rapide, que vous fermez les yeux, que le soleil est fort. Je vous regarde. Je vous regarde après la peur atroce de vous perdre, j'ai douze ans, j'ai quinze ans, le bonheur pourrait être à ce moment-là de vous garder vivant. Je vous parle, je vous demande, je vous supplie de ne pas recommencer à vous baigner lorsque la mer est si forte. Alors vous ouvrez les yeux et vous me regardez en souriant et puis vous refermez les yeux. Je crie qu'il faut me le promettre et vous ne répondez pas. Alors je me tais. Je vous regarde seulement, je regarde les yeux sous les paupières fermées, je ne sais pas encore nommer ce désir que j'ai de les toucher avec mes mains. Je chasse l'image de votre corps perdu dans les ténèbres de la mer, flottant dans les fonds de la mer. Je ne vois plus que vos yeux.

Long silence.

LUI. — Vous savez, je ne peux pas supporter l'idée de ce départ.

ELLE. — Je ne la supporte pas non plus. *(temps)* Nous sommes pareils devant ce départ. Vous le savez.

Silence.

LUI. — Vous aviez toujours dit que ce

serait plus tard dans notre vie que ce départ surviendrait. C'est le mot que vous avez employé... ici... pendant l'hiver dernier. Vous avez toujours dit ça... toujours... toujours... vous mentez encore... vous mentez. *(temps)*

ELLE. — C'était dans la chambre ici. *(geste vers les autres pièces de la villa)*

LUI. — Oui, il y a un an. Dans votre chambre ici, oui. Dans cette chambre-là... *(temps, ton plus bas)* celle de la cloison sonore... Vous savez, je ne peux pas, je ne peux pas supporter ça... Cette date... vous l'aviez prévue plus lointaine... même cette fois-là... plus lointaine... laissez-la passer, revenez vers moi, un autre départ serait possible... retardez-le seulement d'un an, je vous en supplie...

Silence. Elle se tait, comme évanouie, figée.

ELLE. — Non.

LUI. — Aidez-moi, je vous en supplie.

ELLE. — Tout d'abord je ne l'avais pas prévue du tout comme pouvant avoir lieu... j'en parlais mais sans jamais l'envisager vraiment dans l'abominable évidence d'une date, d'un mot disant la ville étrangère de laquelle vous seriez absent... *(temps)* Et puis une fois il m'est apparu que je pouvais le faire... dire ce nom, ce mot... que, si lointaine que soit cette date, cette destination, je pouvais néanmoins l'envisager... l'apercevoir séparément de ma mort.

Il se brise, là, devant nous, il devient mourant. Il parle avec une voix mourante.

LUI *(cri bas, plainte).* — Vous avez pu faire cela, envisager cela, ce départ loin de moi, séparément de votre mort... *(temps)* Vous avez pu faire ça... Une seule fois... une seule... vous avez pu...

La voix de la femme se pose ici comme jumelle de celle de l'homme, fondue à lui.

ELLE. — C'est arrivé en effet. *(temps)* Ça a duré quelques secondes. Comme je vous le disais... le temps de voir. Le temps de vous voir mort. De me voir vivante près de vous mort.

Silence. Elle cherche quand cela s'est produit.

ELLE. — Je me souviens mal... cela

devait se passer dans le petit matin, juste avant le réveil, je ne sais pas de quelle nature était cette mort qui vous frappait. *(temps)* Il me semble qu'elle avait affaire à la mer, toujours cette image d'enfance de vous qui alliez au-devant des vagues. *(temps)* Et je vous ai regardé...

Silence. Puis il parle dans la même douleur.

LUI. — Mais ces quelques secondes... si court qu'ait été ce temps, si petite, cette différence entre hier et aujourd'hui dans votre sentiment pour moi, si insignifiante qu'elle pouvait apparaître, vous savez bien qu'il s'agit de la fin tout entière... vous le savez... vous le savez, ne dites pas le contraire, vous le savez. *(temps)*

ELLE. — Je crois que nous nous trompons encore. Nous nous trompons toujours. *(temps, douceur)* Il ne devait pas s'agir de cette différence que vous dites entre vous aimer plus, ou moins, ou plus encore, ou au contraire déjà un peu moins peut-être, non... non... il devait s'agir de vous aimer toujours dans cette perspective de ne plus vous aimer, de faire tout pour ne plus vous aimer, pour vous oublier, pour vous remplacer, pour vous laisser, pour vous perdre.

Raides, ils sont raides, les yeux fermés, récitants imbéciles de leur passion.

LUI *(douceur).* — Regarde-moi... je crie...

ELLE. — Je crie avec toi.

Silence. Ils bougent comme dans le sommeil et puis ils ne bougent plus, ils restent figés, les yeux non visibles fermés ou baissés vers le sol.

LUI *(très bas).* — Tandis que tu pars tu m'aimes toujours ?

Pas de réponse.

LUI. — Tu pars pour aimer toujours ?

ELLE *(lent).* — Je pars pour aimer toujours dans cette douleur adorable de ne jamais te tenir, de ne jamais pouvoir faire que cet amour nous laisse pour morts.

Long silence.

LUI. — Cet homme ? Il sait quelque chose ? Est-ce qu'il sait ?

ELLE. — Non. *(temps)*

LUI. — Vous le lui dites de la même façon ? *(temps)*

ELLE. — Oui.

Long silence. Ils ferment les yeux comme évanouis ensemble. Lenteur.

LUI *(bas).* — Dites-le-moi comme à lui.

ELLE *(bas).* — Je t'aime. *(temps)*

LUI. — Encore.

ELLE. — Je vous aime comme j'ignorais pouvoir.

LUI. — A qui avez-vous parlé ?

ELLE. — Je ne sais pas à qui je parle.

Silence.

LUI. — Tu es Agatha.

ELLE. — Oui.

Ils restent les yeux fermés. Toujours la douceur, la voix fêlée, brisée d'un émoi insoutenable, non jouable, non représentable.

LUI. — Agatha, je te vois.

ELLE. — Oui.

LUI *(les yeux fermés).* — Je te vois. Tu es toute petite. D'abord. Et puis ensuite tu es grande.

ELLE. — Où est-ce ?

LUI. — Sur la plage. *(geste)* Là. *(temps)* Tu as sept ans. *(temps)* Et puis plus tard.

ELLE. — Dans un autre endroit.

LUI. — Oui, dans un endroit fermé.

ELLE. — Une chambre.

LUI. — Oui.

Ils parlent presque à voix basse de cet instant de leur passé, de cette sieste d'Agatha.

ELLE. — Nous sommes seuls dans la villa.

LUI. — Oui.

ELLE. — Où est notre mère ? Où sont les autres enfants ?

LUI. — Ils dorment. C'est l'heure de la sieste. C'est l'été. C'est ici. C'est cet endroit ici.

ELLE. — La villa Agatha.

LUI. — Oui.

Elle l'arrête tout à coup comme elle arrêterait un geste.

ELLE. — Arrêtez-vous.

LUI. — Oui.

Silence. Ils attendent que passe l'instant.

ELLE *(toujours bas).* — C'est l'été d'Agatha.

LUI. — Le nôtre, oui, l'été. C'est le matin, je sors de la villa et je regarde la plage, je cherche ma sœur parmi les gens, les baigneurs. Si loin que soit la mer, si loin qu'elle soit elle, je reconnais toujours ma sœur. *(temps)* Je ne peux pas encore dire à quoi je la reconnais tant. *(temps)* Quand je ne la vois pas tout de suite j'ai peur. *(temps)* C'est une peur identique à la sienne qui est la peur d'Agatha, celle de la mer, celle de son engloutissement dans la mer. *(temps)* Elle aussi, Agatha, elle va au-devant des vagues et elle nage loin, au-delà des balises autorisées, au-delà de tout, et on ne la voit plus, et on crie, on lui fait signe de revenir. *(temps)* Agatha ne revient que lorsque je lui fais signe de revenir vers moi. Elle revient, elle s'allonge près de moi, je ne la gronde pas, je ne lui parle pas, je reviens lentement de la peur d'Agatha. Elle me demande ce qu'il y a. Je dis que j'ai eu peur, que c'est tout. Elle me demande de lui pardonner. Je ne réponds pas.

On dirait que la raison revient,

mais toujours il y a cette douceur anormale entre les amants.

LUI. — Vous savez, ce n'est pas possible, je ne supporte pas ce départ.

ELLE. — Je le sais. *(temps)* Vous ne pouvez pas accepter ce départ. De la même façon je ne l'accepterais pas de vous. Jamais. En aucun cas. *(temps)* Et nous allons le faire. *(temps)* Nous allons pourtant nous faire cela, nous séparer de nos vies.

Silence.

LUI *(violence)*. — La question ne s'est jamais posée ainsi pour moi. Je n'ai jamais imaginé parti de vous. Je ne peux pas, vous comprenez, je ne peux pas sans vos yeux enfermés dans ces frontières-ci. Sans votre corps ici. Sans cette chose... vous savez... cette légère perte de présence qui vous atteint lorsque d'autres vous regardent et que je suis là parmi eux... vous savez bien... cette ombre sur le sourire qui vous fait si désirable et dont je suis seul à savoir ce qu'elle est.

Silence.

LUI. — Ce départ, je ne peux pas... je

ne peux pas... vous comprenez, je ne peux pas.

Silence. Puis ils se déplacent, toujours entre les propos, et puis ils se placent le long des murs, des meubles, et ils restent là où ils sont placés et alors, une fois immobiles, ils se parlent.

LUI. — Dites-moi encore davantage.

ELLE. — Sur quoi voulez-vous savoir ?

LUI. — Cette promenade au bord du fleuve. En France.

ELLE. — Pourquoi.

LUI. — Pour essayer de voir ce que vous avez vu.

ELLE. — Vous ne pouvez pas. *(temps)* Vous ne pourrez jamais.

Silence. Elle se souvient à mesure. Elle parle avec lenteur, souvent elle s'arrête et puis elle recommence à se souvenir.

ELLE. — C'était il y a longtemps maintenant, vous viviez encore avec nous, nous étions ensemble dans la villa Agatha pendant ces années-là durant les vacances. *(temps)* Il y avait ce piano noir qui était dans cette sorte de salon face à la plage, une sorte d'antichambre, de vestibule... je ne sais pas comment dire. Après, ce piano a été vendu et la cloison a été abattue pour agrandir une chambre... C'était après votre départ, mais vous savez ces choses, vous devez vous souvenir de tout ça. *(temps)* Et puis ensuite, longtemps après ces premières années, cela s'est trouvé ailleurs, en quelque sorte cela s'est déplacé ailleurs, dans une autre chambre face à un autre fleuve. Ce n'était pas ce fleuve colonial de notre enfance, non, c'était après... *(temps)* Oui... je crois que nous avions fait un pique-nique, toute la famille ensemble, notre père vivait encore, c'était vers ce fleuve que je vous disais n'est-ce pas, c'était en France, ce n'était pas loin de la villa Agatha. Et après le pique-nique nous sommes partis vous et moi comme nous le faisions déjà, nous sommes partis nous sommes allés au fleuve justement, pour voir, et puis nous avons trouvé cet hôtel. *(temps)* C'était une longue maison grise sur la berge du fleuve. Vous avez dit qu'il s'agissait d'un château transformé en une maison de rendez-vous. Nous avons pénétré dans l'hôtel. J'avais vers quinze ans et vous dix-neuf ans, je crois, nous avions encore peur d'aller à l'aventure.

LUI *(temps).* — Nous y allions cependant.

ELLE. — Oui.

LUI. — Je crois me souvenir.

Long silence.

ELLE. — Dans cet hôtel il y avait aussi un piano noir. J'ai dit que c'était le piano de la villa Agatha. L'hôtel était ouvert, toutes les portes étaient ouvertes, il n'y avait personne, le piano était ouvert. *(temps)* Nous avons traversé l'hôtel et nous nous sommes trouvés sur la berge du fleuve et puis ensuite sur le fleuve, il était immense, immobile et plein d'îles, de peupliers, partout, sur les îles, sur les berges. Après l'hôtel, il y avait un tournant du fleuve et on le perdait de vue. Vous avez dit : « C'est la Loire, elle est si large, regarde, la mer ne doit pas être loin. » Vous avez dit qu'il n'en paraissait rien mais que c'était un fleuve dangereux, vous avez expliqué les trous d'eau et les vertiges et les tourbillons qui s'emparaient du corps des enfants l'été et les enfouissaient dans les sables des fonds. Vous avez dit aussi que ces peupliers-là, de la Loire, en ce moment du début de l'été, avaient la couleur de mes cheveux quand j'étais une petite fille. Vous étiez très beau sans jamais vouloir le paraître, jamais, et cela donnait à votre beauté la grâce insaisissable de l'enfance. Et je l'ai vue tout à coup tandis que vous parliez avec moi. Nous avions jusque-là rarement été seuls, c'était une des premières fois. Je me suis éloignée de vous et je vous ai regardé et puis j'ai regardé le tournant du fleuve. Ensuite, je suis revenue et j'ai vu que vous étiez encore là et que vous me regardiez encore et j'ai vu que vous pensiez la même chose à me voir que moi de vous avoir vu de la sorte dans cette solitude, loin de nos petits frères et sœurs, loin d'elle qui nous avait appris à nous tenir dans cette merveilleuse négligence de nous-mêmes. *(temps)* Nous n'avons rien dit de ça, nous étions comme les autres enfants, on ne se disait rien sauf, depuis quelque temps à cause de cette différence d'âge entre vous et moi, des choses comme par exemple celles sur le fleuve.

Temps.

ELLE. — Après, nous avons visité l'hôtel chacun de notre côté, vous vers les chambres je crois, je ne sais plus très bien, et moi vers les salons, ils étaient en enfilade, après les salles à manger. Il n'y avait toujours personne. La seule chose que j'entendais tandis que je marchais c'était votre pas à l'étage supérieur, dans les chambres. *(temps)* Et puis je suis tombée à nouveau face au fleuve devant le piano noir. Je me suis assise et j'ai commencé à jouer la valse de Brahms. Tout à coup j'ai cru pouvoir la jouer et puis non, cela n'a pas été possible. Je me suis arrêtée à la reprise, vous savez, celle que je n'ai jamais pu passer correctement, vous savez bien, le désespoir de notre mère. Après que je me suis arrêtée j'ai entendu que vous ne marchiez plus au premier étage. Vous aviez dû écouter. Je n'ai pas recommencé à jouer. J'ai entendu que votre pas reprenait.

Silence.

LUI. — Vous inventez. *(temps)*

ELLE. — Je ne sais pas. Je ne crois pas. *(temps)*

LUI. — Vous en étiez à la reprise du thème. *(temps)*

ELLE. — Oui. Je n'ai plus continué à jouer, j'ai entendu d'abord que vous vous étiez arrêté de marcher et puis ensuite que vous aviez recommencé à marcher et tout à coup j'ai vu que vous étiez là, debout contre la porte. Vous me regardiez comme vous seul vous le faites, comme à travers une difficulté à voir, à me voir. Vous avez souri. Vous avez dit mon nom deux fois : « Agatha, Agatha tu exagères... » Et je vous ai dit : « Toi, joue-la, la valse de Brahms. » Et je suis repartie dans l'hôtel désert. *(temps)* J'ai attendu. Et au bout d'un moment cela s'est produit, vous avez joué la valse de Brahms. Vous l'avez jouée deux fois de suite et puis ensuite vous avez joué d'autres choses, encore et encore, et puis encore cette valse-là. J'étais dans un grand salon face au fleuve et j'ai entendu vos doigts faire cette musique que mes doigts, que moi, jamais ne sauraient faire. Je me voyais dans une glace en train d'écouter mon frère jouer pour moi seule au monde et je lui ai donné toute la musique à jamais et je me suis vue emportée dans le bonheur de lui ressembler tant qu'il en était de nos vies comme coulait ce fleuve ensemble, là, dans la glace, oui, c'était ça... et puis ensuite une brûlure du corps s'est montrée à moi. *(temps)* J'ai perdu la connaissance de vivre pendant quelques secondes. *(temps)*

Silence. Il l'appelle les yeux fermés.

LUI. — Agatha.

Silence. De même elle répond, les yeux fermés.

ELLE. — Oui. Je me suis appelée pour la première fois, et de ce nom. Celle que je voyais dans la glace je l'ai appelée comme vous le faisiez, comme vous le faites encore, avec cette insistance sur la dernière syllabe. Vous disiez : « Agatha, Agatha. » Je vous aime comme il n'est pas possible d'aimer.

Silence. Les yeux sont encore fermés sur les mots prononcés.

ELLE. — Vous ne vous souvenez de rien de cet après-midi ?

Silence. On dirait qu'il cherche à se souvenir.

LUI. — Je me souviens de tout ce que vous venez de dire. Je ne me souviens pas l'avoir vu. *(temps)* La porte de l'hôtel était-elle ouverte sur le fleuve ?

ELLE. — C'est ça. Il y avait deux portes parallèles face au fleuve. Entre ces deux portes il y avait le piano noir. Après il y avait le fleuve. *(temps)* Les salons étaient à gauche des portes, vers le tournant du fleuve.

LUI. — Là où il se perdait.

ELLE. — Oui, c'est ce que vous avez dit : « Regarde le fleuve qui se perd, là, il se perd, regarde, dans la direction d'Agatha. »

Silence.

ELLE. — Après, vous avez cessé de jouer. Vous m'avez appelée. Je n'ai pas répondu tout de suite. Vous avez encore appelé, cette fois-là avec une certaine frayeur. Puis une troisième fois vous avez crié. C'est alors que je vous ai répondu que j'étais là, que je venais. Je suis venue. J'ai traversé de nouveau les salons, je suis arrivée à vous, j'ai posé mes mains à côté des vôtres sur le clavier. Nous avons regardé nos mains, nous les avons mesurées pour savoir de combien les miennes étaient plus petites. Je t'ai demandé de lui dire à elle, notre mère, que je voulais abandonner le piano. Tu as accepté.

Silence.

ELLE. — C'est alors qu'elle a dû arriver par la porte du parc de l'hôtel. Nous nous sommes aperçus tout à coup qu'elle était là, qu'elle nous regardait. Elle a souri, elle aussi, elle a dit qu'elle était inquiète, que nous étions partis depuis une heure déjà. Nous nous sommes étonnés, une heure déjà ? Oui. On l'a découverte ainsi nous regardant tous les deux dans la lumière du fleuve. *(temps)* Je sais moins ce qui est arrivé après ce regard de notre mère. *(temps)*

LUI. — Je me souviens. Je lui ai dit : « Agatha ne veut pas continuer à étudier le piano. » Je lui ai dit qu'elle devait accepter cette décision d'Agatha. Que moi je jouerai à la place d'elle, d'Agatha, durant toute ma vie. Elle a regardé ses enfants longtemps avec cette même douceur que prend votre regard parfois. Nous avons tenu tête à ce regard. Et puis elle a dit que oui, qu'elle acceptait, que Agatha était libérée de cette obligation d'apprendre le piano, que c'en était fini. *(temps)*

Moi non plus, après, je ne sais plus rien, après ces paroles dites par elle, tout s'évanouit.

Silence très long. De la musique. Le temps d'éloigner ce qui vient d'être dit, cet épisode. Mais toujours, encore, aucun mouvement des amants.

LUI. — Dites-moi davantage encore.
ELLE. — Encore.
LUI. — Oui.
ELLE. — De quoi cette fois ?
LUI. — De ce départ.
ELLE. — Vous, vous ne seriez jamais parti. Vous, jamais. Nous sommes différents sans doute. Des différences se sont introduites dans cette ressemblance si frappante *(sourire)* dont tout le monde parle encore.

Sourires. Connivence. Mais encore aucun mouvement.

ELLE. — D'autres que nous qui connaîtraient cette histoire pourraient dire : « C'est cette impossibilité dans laquelle il se tenait, lui, de partir d'elle, qui a fait qu'elle, elle ait pu envisager de partir de lui. » Ils diraient : « Il était l'aîné des enfants, son aîné à elle de cinq ans, Agatha était la deuxième, rappelez-vous, il avait donc cette habitude de décider pour les plus jeunes, il n'aurait pas pu prévoir qu'elle partirait de lui sans qu'elle le lui laisse au moins à deviner. »

La parodie est dépassée. Ils ne bougent toujours pas mais ils reviennent lentement à une sorte d'éveil, au bonheur de parler de cet amour.

LUI. — D'autres auraient demandé : « Sans qu'elle le lui laisse au moins à deviner même dans ce cas d'un amour coupable ? » *(temps)*

ELLE. — Oui. D'autres encore auraient répondu : « Oui, même dans ce cas. »

LUI *(reprend)*. — De cet amour criminel.

ELLE. — Oui.

Le désir qui submerge à l'énoncé de ce mot.

LUI. — Ton corps Agatha... ton corps... blanc.

ELLE. — Mon corps.

LUI. — Blanc, oui... blanc...

ELLE. — Oui, c'est ça, oui je crois...

LUI. — Je crois aussi, je ne sais plus très bien, je ne suis plus sûr de rien...

ELLE. — Elle disait : « Ils ont la même fragilité, des yeux, de la peau, la même blancheur. »

Long silence.

ELLE. — Toi, tu ne serais jamais parti... je le savais... jamais... tu ne m'aurais jamais quittée.

LUI *(bas)*. — Jamais. Je n'aurais jamais pu. Je ne pourrai jamais.

ELLE. — Nous en serions restés là où nous sommes, à nous rencontrer dans la villa Agatha.

LUI. — Oui. Nous en serions restés dans cet endroit devant la mer.

Silence. Lenteur accrue.

ELLE. — Il m'est venu à l'idée que quelque chose d'autre devait pouvoir se produire entre vous et moi. Comme un devenir nouveau de l'histoire.

LUI. — De partir ?

ELLE. — Non. *(temps)*

LUI. — Le changement ne serait donc pas de partir ?

ELLE. — Non. Vous êtes de mauvaise foi comme toujours à un moment ou à un autre. Vous savez que le départ ne sera rien d'autre qu'un déplacement de la villa Agatha de l'autre côté de la mer ou ailleurs. Non, le changement ne serait pas de partir. Je voudrais pouvoir vous dire ce qu'il serait, je ne sais pas.

LUI *(douceur, prudence).* — D'inventer ? *(temps)*

ELLE. — Quoi ?

LUI. — Comme une peur... ?

ELLE. — Oui. La peur.

LUI. — De la mer. Des dieux.

ELLE. — Oui, la peur. *(temps)*

LUI. — Quel serait alors le changement ?

ELLE. — De rester cependant dans cet amour.

Silence. Toujours ce même émoi, ce trouble qui leur est commun.

LUI *(regard sur la villa).* — On l'a achetée l'année de ta naissance. Elle s'appelait Agatha, la villa Agatha. *(temps)* On t'a donné son nom.

Silence.

LUI. — C'est à sa mort que nous sommes venus ici pour la dernière fois. Il y a huit mois.

ELLE. — Oui. *(temps)* Elle voulait mourir là.

Silence.

ELLE. — Comment entrez-vous dans la villa Agatha ?

LUI. — De nuit. Avec les clefs données par elle.

ELLE. — Celles laissées par elle ?

LUI. — Non. Celles données par elle la veille de sa mort. A moi, le frère d'Agatha.

Silence. Ils se regardent.

ELLE. — Elle ne disait rien à l'un de ce qu'elle disait à l'autre, jamais.

LUI. — Jamais. Et elle parlait du passé comme s'il s'était toujours agi d'un événement à venir, à attendre, encore incertain. *(temps)* Elle disait : « Un jour ou l'autre Agatha va abandonner la musique », et cela après lui avoir permis de l'abandonner un certain jour, sur la Loire.

Long silence.

ELLE. — Vous venez seul quelquefois à la villa Agatha.

LUI. — Oui. Comme vous y venez seule vous aussi. *(temps)*

ELLE. — Nous n'avions jamais parlé de ces visites.

LUI. — Jamais, non.

ELLE. — Je le savais à un léger désordre laissé dans la chambre chaque fois après votre passage.

LUI. — Moi, à cette différence du désordre rangé après le vôtre.

Silence. Yeux fermés.

ELLE. — Quel vertige laissé par votre sommeil.

LUI. — Ton odeur Agatha, ce vide.

Long silence.

LUI. — Et vous, que diriez-vous de ce manque à partir de ma part ?

ELLE. — Je le partage avec vous, je ne le nomme pas.

LUI. — Je vous en prie, aidez-moi.

ELLE. — Je vous aide. Je pars, je vous aide.

LUI. — Il est vrai.

ELLE *(sourire)*. — Nous sommes dans

une entente parfaite sur ce point aussi, n'est-ce pas ?

LUI. — Oui. *(sourire)* Une entente notoire, exemplaire.

ELLE. — Irrémédiable. *(sourire, douloureux)* Que ferions-nous sans cette douleur ?... sans cette séparation... cette douleur...

LUI. — Que ferions-nous sans air... sans lumière...

ELLE. — Que ferions-nous de l'air... de la lumière... sans ce savoir-là, d'y être ensemble soumis.

LUI *(temps)*. — Mon amour. Agatha... ma sœur Agatha... mon enfant... mon corps. Agatha.

Ils pleurent.

ELLE. — Comment étaient ses yeux ?

LUI. — Bleus.

ELLE. — Comme les siens à lui...

LUI. — Oui.

ELLE *(bonheur)*. — Ah... cette coïncidence...

LUI. — Ce bonheur...

Ils pleurent. Silence. Ils ferment les yeux. Nous entrons encore dans ce ce qui ne peut se voir.

LUI. — Vous portiez ce jour-là une robe bleue, une robe de plage, vous l'aviez jetée par terre au bas du lit.

ELLE. — Attendez... je crois... oui, bleu nuit... C'était une robe de notre mère... ancienne... à rayures blanches... elle me la prêtait quelquefois. *(temps)* Vous vous souvenez de cette couleur... de ce bleu.

LUI. — Oui, de la tache bleue sur le sol à partir de quoi j'ai deviné le blanc du corps nu.

Ils se taisent longtemps. Et puis ils bougent. Reprise des forces visibles, abandonnées momentanément. La parole est là de nouveau.

LUI. — Cet homme que vous venez de prendre et que vous aimez, beaucoup de gens m'en ont parlé.

ELLE. — Que dit-on ?

LUI *(rire)*. — On dit : « Votre sœur fait scandale et se montre avec lui. Elle l'embrasse et lui parle de très près. On les voit sur les routes, dans les motels, les théâtres, dans les bars de Paris la nuit... »

Silence. Ils se regardent. Les rires ont cessé.

LUI. — Ecoutez-moi... écoutez-moi... il arrive qu'un amour meure.

Ils se rapprochent un peu. Restent rapprochés mais hors de toute atteinte réciproque. Elle ne répond pas.

LUI. — Si vous l'aimez... même pour un temps très court, quelques semaines, quelques nuits, à la place de m'aimer toujours même durant quelques nuits... dites-le-moi. *(temps)*

ELLE. — Je l'aime.

Silence. Lui se tient les yeux fermés. Elle, détournée de lui.

LUI. — Je vais crier. Je crie.

ELLE. — Criez.

Tous les paliers du désir sont là, parlés, dans une douceur égale.

LUI. — Je vais mourir.

ELLE. — Mourez.

LUI. — Oui.

Temps. De la musique, peut-être, cette valse de Brahms au sortir de l'enfance.

ELLE. — Je ne savais plus rien d'aimer depuis notre séparation. *(temps)* Il me redonne à vous.

Silence. Un calme toujours effrayant.

LUI. — Voici revenue l'épaisseur obscure autour de nous, le calme de cette interdiction qui est notre loi. *(temps)* Ainsi vous êtes venue pour m'avertir de ces décisions que vous avez prises loin de moi pour faire cette interdiction plus interdite encore.

ELLE. — Oui. Plus dangereuse, plus redoutée, plus redoutable, plus effrayante, plus inconnue, maudite, insensée, intolérable, au plus près de l'intolérable, au plus près de cet amour. *(temps)*

LUI. — Je vois. Je suis fou de voir. *(temps)*

ELLE. — Etes-vous sûr ?

LUI. — Je ne suis sûr que d'aimer.

ELLE. — Vous n'êtes sûr de rien d'autre.

LUI. — De rien d'autre.

ELLE. — Votre réponse est celle que j'aurais pu faire, vous ne croyez pas ?

LUI. — Vous voulez dire : laquelle ?

ELLE. — La vôtre et la mienne indistinctes.

Ils bougent tout à coup. Puis ils s'immobilisent. Puis il y a un long silence avant la parole. Elle regarde par la fenêtre, la plage, la mer.

ELLE *(presque désinvolte)*. — C'est curieux, ce temps qu'il fait tout à coup... cette tiédeur... tout à coup... il ferait presque beau... presque chaud *(temps)* comme un retour de l'été...

Il est immobile. De nouveau absent. Les yeux fermés. Silence. Elle est comme inquiète tout à coup.

ELLE. — Je vous parle. *(temps)* Je vous parlais.

Silence.

LUI. — Je vous entends. *(temps)* Vous étiez en effet innocente, encore si jeune, ne sachant rien de la portée de votre douceur, de la puissance incommensurable de votre corps. *(temps)* Vous étiez belle, on le disait et vous lisiez Balzac. Vous étiez la splendeur de la plage et vous saviez aussi peu de cette splendeur qu'un enfant de sa folie. *(temps)* Il fait effectivement un temps d'une extrême bonté, compte tenu de l'hiver qui va venir et de notre amour qui va vers le voyage d'une douleur telle qu'il va en être comme d'en mourir.

ELLE. — C'est cela même dont il est question, il me semble.

Silence. Ils ferment les yeux.

LUI. — Je le crois.

ELLE. — Depuis que nous sommes advenus vous et moi dans cette famille-là, de cette femme-là... inconnaissable... inconnue...

LUI. — Notre amour...

ELLE. — Notre amour...

LUI. — Depuis avant elle et encore avant et encore et encore avant...

ELLE. — Oui.

Traversée de l'histoire. Ils vont et viennent, repartent, reviennent vers elle. Silence.

LUI. — La mer est tiède. Très calme. Des enfants se baignent devant la villa.

ELLE. — Oui. Des enfants se couchent dans les franges des vagues, ils laissent la mer les recouvrir, ils rient, ils crient.

LUI. — Vous avez dix-huit ans depuis quelques jours.

Temps. Ils sont détournés l'un de l'autre, ils ne soutiennent plus la réciprocité de leur regard.

LUI. — Tout à coup, cette nouvelle : ma sœur est grande. Ma sœur Agatha a dix-huit ans.

Silence.

LUI. — Notre mère me l'annonce, elle m'écrit : « Tu devrais venir la voir, elle est belle tout à coup à ne pas en croire ses yeux et on dirait qu'elle ne le sait pas. On dirait, tu vois, qu'il y a en elle comme un retard à vouloir le savoir. Comme elle s'écartait de nous, parfois, lorsqu'elle était petite, tu te souviens, elle le fait maintenant d'elle-même. »

Silence. Ils sont toujours détournés l'un de l'autre. Toujours cette douceur.

ELLE. — Vous êtes fiancé à une jeune fille des Charentes. Vous avez vingt-trois ans. Vous finissez l'université. Vous habitez seul. Vous ne venez plus que quelques jours pendant l'été à la villa Agatha.

Silence. Lenteur.

LUI. — Cet été-là je viens pour voir Agatha. Je vous vois. *(temps)* Je reste un peu plus qu'il n'était prévu.

Silence.

LUI. — C'est un été admirable. *(temps)* C'est un jour d'été à Agatha.

ELLE. — Une sieste au mois de juillet. Le parc est de l'autre côté de la maison, de l'autre côté de la mer.

LUI. — Nos parents sont allongés sous la tonnelle. Je les vois de la fenêtre de ma chambre. Ils dorment à l'ombre de la villa.

Silence.

ELLE. — Nos chambres donnent sur ce parc.

Silence.

Lui. — Rien n'est à craindre. Aucun regard. Aucune indiscrétion. Rien ne peut troubler la paix de la chaleur. *(temps)*

ELLE. — Rien.

Silence.

LUI. — Nos jeunes frères et sœurs, cet été-là, sont en Dordogne chez nos grands-parents. *(temps)* Notre mère était malade... si vous vous souvenez... une dépression inattendue... et elle avait demandé à être seule avec vous et notre père, cet été-là. *(temps, ton suppliant)* Aidez-moi. *(temps)*

ELLE. — On entend le bruit de la mer, calme et lent. Je me repose dans l'après-midi. Depuis deux ans il en est ainsi. Le docteur parle de fatigue due aux études, vous vous souvenez ? *(temps)* « Il faut qu'elle se repose. »

LUI. — Oui.

ELLE. — Je dors près de vous. *(temps)* Nos chambres sont séparées par une cloison sonore. *(temps)* Vous le savez. *(temps)*

LUI. — Je ne le savais pas avant cet été-là.

Ils ferment les yeux. Equivalence totale entre l'acte et le texte parlé.

LUI. — Je rentre dans la chambre hallucinatoire. *(temps)* Je crois qu'elle dort. *(temps)*

ELLE. — Elle ne dort pas.

LUI. — Je la regarde. Le sait-elle ?

ELLE. — Elle le sait.

LUI. — Elle ne sait pas qui c'est, peut-être ?

ELLE. — Si, elle connaissait le son de votre pas. Elle savait qui avançait dans la chambre.

Silence.

LUI. — Le corps de ma sœur est là, dans l'ombre de la chambre. *(temps)* Je ne savais pas la différence qu'il y avait entre le corps de ma sœur et celui d'une autre femme. *(temps)* Les yeux sont fermés. *(temps)* Elle sait cependant que je viens.

ELLE. — Oui.

Silence. Rôles inversés.

ELLE *(les yeux fermés).* — Parlez encore. *(temps)*

Lui. — Oui. *(temps)* La différence est dans cette connaissance que je croyais avoir d'elle et la découverte de l'ignorance de celle-ci. Dans l'immensité de cette différence entre la connaître et l'ignorer.

Silence. Lenteur. Tous les deux, yeux fermés, retrouvent l'incomparable enfance.

ELLE. — Encore. Je vous en supplie, parlez-moi d'elle. *(temps)*

LUI. — Le bruit de la mer entre dans la chambre, sombre et lent. *(temps)* Sur votre corps le dessin photographié du soleil. *(temps)* Les seins sont blancs et sur le sexe il y a le dessin du maillot d'enfant. *(temps)* L'indécence de son corps a la magnificence de Dieu. On dirait que le bruit de la mer le recouvre de la douceur d'une houle profonde. *(temps)* Je ne vois plus rien que ceci, que vous êtes là, faite, que la nuit de laquelle vous êtes extraite est celle de l'amour.

Silence. Ils s'éloignent l'un de l'autre. Se taisent. Puis parlent encore.

LUI. — Je le regarde longtemps. Le sait-elle ?

ELLE. — Elle le découvre.

Silence.

ELLE. — Je vous entendais parfois à travers la cloison sonore... il arrivait que nous soyons seuls dans la villa. Vous rameniez des jeunes filles et j'entendais comme vous disiez les aimer et j'entendais aussi parfois comme elles pleuraient dans la jouissance donnée par vous, et j'entendais aussi de ces choses qu'on se dit dans ce cas, ces injures et ces cris et il arrivait que j'aie peur. *(temps long)* Je ne savais pas que vous ignoriez l'existence de cette cloison sonore. *(temps)*

LUI. — Votre chambre était si calme toujours, je l'ai ignoré très longtemps... jusqu'à cette fois... cette fois-là... vous savez, lorsque quelqu'un est venu vous prendre de même et que vous avez crié de jouir et de peur de la même façon.

Silence long. Ils bougent sans parler puis de nouveau s'immobilisent et parlent. Ils ne parlent jamais dans le mouvement.

LUI. — C'était un ami de moi. *(temps)* La jouissance était grande.

ELLE. — Il me semble me souvenir qu'elle l'était, oui. *(temps)*

LUI *(violence contenue)*. — Elle vous laissait pour morte, n'est-ce pas ? *(pas de réponse)* Elle devait laisser pour morte ma sœur Agatha ?

ELLE. — Je crois. Pour un instant, morte peut-être... *(temps)*. Mais avant ce matin-là sur la plage... après cet après-midi-là près du fleuve je sais mal ce qui est arrivé de moi.

Silence.

LUI. — Vous savez, à votre cri je l'avais compris, ce n'est pas la peine de mentir.

ELLE. — C'était un cri, vraiment ?

LUI. — Oui. Abominable. C'était abominable mais je l'ai ignoré jusqu'à ce matin-là sur la plage, avant la sieste d'Agatha.

Silence. Ils s'éloignent l'un de l'autre.

ELLE *(bas).* — Je me souviens mieux du regard de mon frère sur le corps nu que de ce qui avait eu lieu la veille, cette mort que vous dites, qui laissait pour morte votre sœur Agatha.

Ils se détournent l'un de l'autre. Elle redevient comme enfantine.

ELLE. — Je ne savais pas la différence qu'il y avait entre le regard de mon frère sur mon corps nu et le regard d'un autre homme sur ce corps. Je ne savais rien de cela, de mon frère, de ces choses interdites, ni combien elles étaient adorables, vous voyez, ni combien elles étaient à ce point contenues dans mon corps.

Silence. Lenteur extrême. Immobilité.

ELLE *(suppliante, très bas).* — Guidez-moi vers le corps blanc. *(temps)*

LUI. — Les yeux sont invisibles. Le corps est enfermé tout entier sous les paupières. *(temps)* Vous êtes ma sœur. Le corps est immobile. Le cœur se voit sous la peau.

ELLE. — Vous touchez le corps. *(temps)* Vous vous allongez le long de lui. *(temps)* Nous nous taisons.

LUI. — Les seins, je crois, sont à la portée des mains, des baisers de la bouche.

Silence.

LUI. — Nos parents se réveillent. Je ne sais plus votre nom.

Long silence. Ton différent.

LUI. — On vous a mariée deux ans après. Tout a été recouvert. *(temps)* Je vous aime comme au premier instant de notre amour, cet après-midi-là, dans la villa atlantique. *(temps)* Je vous aime. *(temps long)* Vous avez eu des enfants, un mariage heureux dit-on.

ELLE. — Oui. *(temps)* On dit : de même que vous. *(temps)*

LUI. — Oui.

ELLE. — Nous n'avons jamais divorcé.

LUI. — Nous nous sommes donné cette fidélité. Je vous l'ai donnée. Vous me l'avez donnée en retour. Jusqu'à ce jour.

ELLE. — Où tout recommence.

LUI. — Oui, aucun autre amour.

Le thème de la douleur était revenu. Il disparaît.

LUI. — Je vous avais vue le matin sur la plage. J'ai rejoint ma sœur comme chaque jour je le faisais. Nous avons nagé ensemble. Et puis nous nous sommes allongés sur le sable. Il faisait beau. Du soleil, un vent clair. *(temps)* Et tout à coup vous avez dit : « Comment se fait-il ? les autres ne sont pas encore là... » Nous avons regardé vers la villa aux escaliers blancs, tout paraissait normal. Et puis j'ai vu l'horloge de la pergola, j'ai vu que nous nous étions trompés d'heure, que nous étions arrivés sur la plage une heure plus tôt qu'à l'accoutumée.

Silence.

LUI. — La veille, vous me l'aviez demandée, vous m'aviez dit que votre montre était arrêtée et je vous avais donné l'heure, après le dîner, dans le corridor sur lequel donnait nos chambres, vous vous souvenez ? J'avais mal vu sans doute.

ELLE. — Sans doute.

LUI. — La lumière du corridor n'a jamais été bonne.

ELLE. — Non. Toujours négligée par notre mère.

Silence.

ELLE. — Ensuite vous n'aviez pas corrigé l'erreur. *(temps)*

LUI. — C'est-à-dire, je m'en suis aperçu, vous deviez déjà dormir.

ELLE. — Et puis ensuite vous avez oublié. Le matin venu, vous avez oublié. *(temps)*

LUI. — Oui, c'est ça.

Silence. Lenteur.

LUI. — C'était le lendemain de ce jour-là, vous savez, de ce soir-là, lorsque cet ami était venu pour vous prendre et que vous aviez crié. *(temps)* Je me souviens vous avoir parlé d'un premier désir de vous donner la mort. *(temps)* Vous n'avez pas répondu. C'était sur la plage.

Silence.

LUI. — Nous avions une heure d'avance sur le monde. Une heure seulement. *(temps)* Et cela a suffi. *(temps)* Je vous ai parlé de ce qui était arrivé la veille. *(temps)* Je vous ai dit qu'il y avait sur votre maillot blanc une légère tache de sang. Nous nous sommes regardés.

Silence. Il reprend.

LUI. — J'ai dit votre nom d'enfant. *(temps)* Vous avez pleuré. *(temps)* Vous m'avez demandé de vous pardonner.

Silence.

LUI. — Après, je ne me souviens plus que de ce regard qui creusait notre corps tout entier d'une blessure si grande, plus grande que lui, brûlante.

Silence.

ELLE *(suppliante)*. — Encore. Parlez.
LUI. — Non. Je me tais.

ELLE. — Je vous en supplie.

LUI. — Non. *(temps)*

ELLE. — Vous avez raison. Ne parlez plus. *(temps)* Dites quelque chose simplement. Dites, je vous en supplie.

LUI. — Oui. *(temps)* Ecoutez, je dis ça. Je dis : « On nous a mariés dans les années d'après. Tout a été recouvert. »

Temps long. Allusion à ce qui s'est passé entre Agatha et son frère pendant la sieste d'Agatha.

ELLE. — Dites-moi aussi, je ne sais plus... dites-le-moi, je n'ai jamais su...

LUI *(il cherche)*. — Non... je ne crois pas... non, je n'ai pas de souvenir de... non... je n'ai de souvenir que de vous avoir vue, pas d'autre chose, d'aucune autre chose que de vous avoir... vue. Regardée. *(temps)*

LUI. — Regardée jusqu'à découvrir la phénoménale identité de votre perfection... que je suis votre frère et que nous nous aimons.

Silence.

LUI. —Ecoutez-moi, écoutez... il arrive

aussi bien qu'un amour ne meure pas et qu'il faille l'anéantir.

ELLE *(reprend)*. — Qu'il faille faire comme si c'était possible.

LUI. — Oui.

Silence.

ELLE. — Sur la plage, je vous ai demandé : « Qu'est-ce qui arrive ? Dis-le-moi... » *(temps)*

LUI. — Oui... vous aviez toujours de ces craintes... de ces peurs... la nuit surtout... des peurs de vous ne saviez quoi. Vous aviez cinq ans, sept ans, douze ans, on vous retrouvait en larmes dans le corridor, perdue, tremblante... *(temps)* J'ai dû répondre ce jour-là comme toujours... qu'il ne fallait pas s'inquiéter, qu'il fallait se laisser faire, s'abandonner, je ne sais plus, dormir...

ELLE. — Non. *(temps)* Ce jour-là, tu as dit que tu ne savais plus rien avant, tu as dit aujourd'hui. « Avant aujourd'hui. »

Silence.

LUI *(récite)*. — ... « Je ne sais plus rien avant aujourd'hui. » *(temps)*

ELLE *(lenteur).* — Oui. J'ai demandé de quoi tu ne savais plus rien.

LUI. — J'ai dit : « De tout. De toi. »

ELLE. — Oui, c'est ça.

Long silence. Ils marchent. Ils s'arrêtent. Et puis ils parlent encore.

ELLE. — Et des escaliers blancs de la villa Agatha sont descendus nos jeunes frères et sœurs et nos parents. Tout a été recouvert pour la première fois.

Ils marchent. Puis il s'arrêtent. Et ils parlent.

LUI. — Où allez-vous partir ?

ELLE. — Loin de vous. C'est le mot. Avec lui loin de vous.

LUI. — Je viendrai.

ELLE. — Oui.

LUI. — Et de là vous vous en irez encore ?

ELLE. — Oui.

LUI. — Et je viendrai encore.

ELLE. — Oui.

Silence.

LUI. — Et encore de là vous vous en irez ?

ELLE. — Oui. Je pars pour vous fuir et afin que vous veniez me rejoindre là même, dans la fuite de vous, alors je partirai toujours de là où vous serez. *(temps)* Nous n'avons pas d'autre choix que celui-là.

Il s'allonge sur le divan dans une pose équivoque et décente mais qui pourrait évoquer la présence de son corps à elle près du sien. Alors elle se détourne de lui. Ils sont d'ailleurs presque toujours détournés l'un de l'autre quand ils se parlent, comme s'ils étaient dans l'impossibilité de se regarder sans courir le risque irrémédiable de devenir des amants. Ils sont restés l'un l'autre dans l'enfance même de leur amour.

ELLE *(bas)*. — Il a votre âge.

Silence.

ELLE *(bas)*. — Le corps pourrait être beau, je ne sais pas très bien. Comme le vôtre il me semble, encore maladroit, comme non encore délié, vous voyez, comme encore faible on dirait, et devoir encore grandir, encore devenir. *(temps)*

LUI. — Les yeux ?

ELLE. — Bleus, très bleus. Très clairs. J'embrasse le bleu sous les yeux fermés. Les yeux de mon frère n'ont jamais été touchés par moi. *(temps)* Il dit : « Regarde autour de nous ce pays si vaste... jusqu'aux confins des océans, ferme les yeux et regarde la terre... » *(temps)* Et alors je vois votre visage d'enfant qui la cherche les yeux mi-clos sous le soleil.

Silence.

ELLE *(lent)*. — Tu disais : « Regarde, Agatha, regarde derrière tes yeux. » C'était toujours la plage... Tu posais tes mains sur mes yeux et tu appuyais fort. Et je voyais... Et je te disais ce que je voyais... le rouge... les incendies... et la nuit... J'avais peur... et tu me demandais de te dire encore et je te disais voir aussi tes mains à travers le rouge de leur sang... *(temps)* Tes mains. Si belles. Si longues, comme brisées, cassées... posées sur le sable près de moi. *(temps)*

LUI. — Les mains d'Agatha... tellement ressemblantes...

ELLE *(murmuré)*. — Oui...

LUI. — Si longues. Comme brisées de même...

ELLE *(de même).* — Oui...

LUI. — Comme cassées...

ELLE *(de même).* — Oui...

LUI. — Cette valse de Brahms...

ELLE *(de même).* — Oui...

LUI. — ... elle n'a jamais su la jouer tout entière...

ELLE *(de même).* — Jamais...

LUI. — Et notre mère se plaignait...

ELLE *(de même).* — Oui...

LUI. — « Cette petite fille qui ne veut pas travailler... avec ces mains qu'elle a, qui ne veut rien savoir du piano... »

Silence.

LUI *(murmuré).* — Jusqu'à ce jour du fleuve.

ELLE. — Quand elle lui a donné la musique à jamais et qu'elle a été emportée dans le bonheur comme coulait le fleuve.

LUI *(murmuré).* — Oui.

Silence.

LUI. — Et elle qui ne comprenait pas. *(temps)* « Mes deux premiers enfants, mes deux aînés avaient les mêmes mains, à s'y tromper, faites pour la musique, mais la petite, elle, elle ne voulait pas. »

ELLE. — « C'était la deuxième, la première petite fille, celle qui venait après lui, le deuxième enfant... elle était paresseuse... »

LUI. — « Je n'aurais pas dit ça, j'aurais dit que c'était comme si elle s'en était remise à son frère qui, lui, jouait très bien... comme si ce n'avait pas été la peine pour elle, vous voyez... de jouer... de vivre... du moment qu'il le faisait, lui, si merveilleusement, elle disait : rien que cette façon de poser les mains sur le clavier et d'attendre... la respiration s'arrête... elle disait que ce n'était pas la peine... puisque lui... le faisait. »

Silence long.

LUI. — Le corps, disiez-vous...

ELLE. — Votre taille. *(temps)* C'est un homme d'une grande douceur. *(temps long)* Le nom que je crie est le mien.

LUI. — Agatha.

ELLE. — Agatha. *(temps)*

LUI. — Il ne s'étonne pas.

ELLE. — Je lui ai dit : ce n'est pas mon nom. Je lui ai dit m'appeler d'un autre prénom, de celui de Diotima. Vous savez, il ne sait rien de ma vie, il ne sait que mon mariage.

LUI. — Que lui dites-vous d'Agatha ?

ELLE. — Que c'était le nom que me donnait un amant du nom de Ulrich Heimer. C'est un homme qui n'est pas sans avoir lu, mais pas jusque-là, jusqu'à ces lectures-là.

LUI *(reprend)*. — Que vous diriez : illimitées ?

ELLE. — On pourrait dire aussi : personnelles.

LUI. — De vous et moi.

ELLE. — Oui, de vous et moi ensemble. *(temps)* Vous disiez en manière de jeu : « Ces histoires nous les avons écrites. » *(temps)* C'était dans le jardin de la maison coloniale, pendant ces deux années au Gabon je crois, lorsque notre père avait emmené sa femme et ses enfants. C'était le long de l'autre fleuve, pendant la sieste.

Il se relève. Ils se regardent. Ils ne se parlent pas. Puis ils détournent leur regard. Et ils se parlent. Alors, seul le texte bouge, avance.

LUI. — Je ne sais plus notre âge à ce moment-là.

ELLE. — Vous avez dix-sept ans
LUI. — Je ne sais plus.

Temps.

ELLE. — Rappelez-vous, on lit que c'est l'été en Europe, que les amants sont dans un parc, ils sont étendus, immobiles, loin l'un de l'autre de très près, ils sont enfermés dans ce parc clos de murs durant tout l'été, ils se cachent de toute la ville, on lit qu'ils sont ainsi étendus, immobiles, jusqu'à perdre la conscience de leur séparation, et que le moindre mouvement de l'un est un réveil intolérable pour l'autre. Que lorsqu'ils parlent ils ne parlent que de leur amour.

Temps.

ELLE. — Rappelez-vous, dans cette chaleur face au fleuve, on lisait que c'était dans une lumière d'hiver que baignaient les amants pendant ce crépuscule lorsque la tentation était si forte qu'ils pleuraient sans le ressentir.

Silence long.

LUI. — Oui. Nous n'étions pas d'accord... Vous disiez : « Agatha est celle qui aurait osé affronter la mort. »

ELLE. — Vous, vous disiez qu'elle, Agatha, ne pouvait pas mourir, qu'elle, elle affrontait la mort sans danger de mourir.

LUI. — Je disais de même que lui était mortel.

ELLE *(en écho)*. — Lui, oui.

LUI. — Qu'il pouvait mourir d'être privé d'elle, qu'il n'était pas à l'abri de ces accidents là. *(temps long)* Notre mère écoutait.

ELLE *(de même)*. — Notre mère écoutait, oui.

LUI. — Nous ne le savions pas... elle écoutait... elle écoutait nos conversations sur Agatha.

ELLE *(de même)*. — Oui.

LUI. — Elle entendait de même par la suite ce vouvoiement soudain entre ses enfants.

ELLE. — Nous avions décidé de nous vouvoyer après ce jour de juillet, rappelez-vous... ce même soir.

LUI. — En manière de jeu, disions-nous, et les gens s'en amusaient... sauf elle peut-être, cette mère charmante maintenant morte... cette femme... notre amour.

ELLE. — Notre amour... notre mère.

Silence.

ELLE. — Je voulais vous dire, elle a parlé le jour de sa mort. Elle a dit ce jour-là : « Mon enfant, ne te sépare jamais de lui, ce frère que je te donne. » *(temps)* Elle a dit aussi : « Un jour il te faudra le lui dire comme je te le dis maintenant, qu'il ne faut pas qu'il se sépare d'Agatha. »

Silence.

ELLE. — Elle a dit encore : « Vous avez la chance de vivre un amour inaltérable et vous aurez un jour celle d'en mourir. »

Silence. Lenteur.

LUI. — Vous partez demain à l'aube.
ELLE. — Oui.
LUI. — Pour toujours, n'est-ce pas ?
ELLE. — Oui. Jusqu'à votre arrivée dans les frontières du nouveau continent où rien n'arrivera plus encore une fois que cet amour.

Ils se détournent l'un de l'autre.

LUI. — Agatha.

Ils sont détournés. Les yeux fermés.

ELLE. — Oui.

LUI. — Cet été était-il aussi beau que nous le disons ?

ELLE. — Oui, c'était un été admirable. Le souvenir en est plus fort que nous qui le portons... que vous, que vous et moi ensemble devant lui... c'était un été plus fort que nous, plus fort que notre force, que nous, plus bleu que toi, plus avant que notre beauté, que mon corps, plus doux que cette peau sur la mienne sous le soleil, que cette bouche que je ne connais pas.

Silence. Les yeux sont fermés. Ils sont dans une raideur effrayante.

ŒUVRES DE MARGUERITE DURAS

LES IMPUDENTS (1943, *roman,* Plon).

LA VIE TRANQUILLE (1944, *roman,* Gallimard).

UN BARRAGE CONTRE LE PACIFIQUE (1950, *roman,* Gallimard).

LE MARIN DE GIBRALTAR (1952, *roman,* Gallimard).

LES PETITS CHEVAUX DE TARQUINIA (1953, *roman,* Gallimard).

DES JOURNÉES ENTIÈRES DANS LES ARBRES, *suivi de :* LE BOA — MADAME DODIN — LES CHANTIERS (1954, *récits,* Gallimard).

LE SQUARE (1955, *roman,* Gallimard).

MODERATO CANTABILE (1958, *roman,* Editions de Minuit).

LES VIADUCS DE LA SEINE-ET-OISE (1959, *théâtre,* Gallimard).

DIX HEURES ET DEMIE DU SOIR EN ÉTÉ (1960, *roman,* Gallimard).

HIROSHIMA MON AMOUR (1960, *scénario et dialogues,* Gallimard).

UNE AUSSI LONGUE ABSENCE (1961, *scénario et dialogues,* en collaboration avec Gérard Jarlot, Gallimard).

L'APRÈS-MIDI DE MONSIEUR ANDESMAS (1962, *récit,* Gallimard).

LE RAVISSEMENT DE LOL V. STEIN (1964, *roman,* Gallimard).

THÉATRE I : LES EAUX ET FORÊTS — LE SQUARE — LA MUSICA (1965, Gallimard).

LE VICE-CONSUL (1965, *roman,* Gallimard).

LA MUSICA (1966, *film,* co-réalisé par Paul Seban, distr. Artistes Associés).

L'AMANTE ANGLAISE (1967, *roman,* Gallimard).

L'AMANTE ANGLAISE (1968, *théâtre,* Cahiers du Théâtre national populaire).

THÉATRE II : SUZANNA ANDLER — LES JOURNÉES ENTIÈRES DANS LES ARBRES — YES, PEUT-ÊTRE — LE SHAGA — UN HOMME EST VENU ME VOIR (1968, *Gallimard*).

DÉTRUIRE, DIT-ELLE (1969, Editions de Minuit).

DÉTRUIRE, DIT-ELLE (1969, *film,* distr. S. M. E.-P. A.).

ABAHN, SABANA, DAVID (1970, Gallimard).

L'AMOUR (1971, Gallimard).

JAUNE LE SOLEIL (1971, *film*).

NATHALIE GRANGER (1972, *film,* distr. Films Molière).

INDIA SONG (1973, *texte, théâtre, film,* Gallimard).

LA FEMME DU GANGE (1973, *film*).

NATHALIE GRANGER, *suivi de* LA FEMME DU GANGE (1973, Gallimard).

LES PARLEUSES (1974, *entretiens avec Xavière Gautier,* Editions de Minuit).

INDIA SONG (1975, *film, distr.* Films Armorial).

BAXTER, VERA BAXTER (1976, *film,* distr. N. E. F. Diffusion).

SON NOM DE VENISE DANS CALCUTTA DÉSERT (1976, *film,* distr. Cinéma 9).

DES JOURNÉES ENTIÈRES DANS LES ARBRES (1976, *film,* distr. Gaumont).

LE CAMION (1977, *film,* distr. Films Molière).

LE CAMION, *suivi de* ENTRETIEN AVEC MICHELLE PORTE (1977, Editions de Minuit).

L'EDEN CINÉMA (1977, *théâtre,* Mercure de France).

LE NAVIRE NIGHT (1978, *film,* Films du Losange).

CÉSARÉE (1979, *film,* Films du Losange).

LES MAINS NÉGATIVES (1979, *film,* Films du Losange).

AURÉLIA STEINER, *dit* AURÉLIA MELBOURNE (1979, *film,* Films Paris-Audiovisuels).

AURÉLIA STEINER, *dit* AURÉLIA VANCOUVER (1979, *film,* Films du Losange).

VÉRA BAXTER OU LES PLAGES DE L'ATLANTIQUE (1980, Albatros).

L'HOMME ASSIS DANS LE COULOIR (1980, Editions de Minuit).

L'ÉTÉ 80 (1980, Editions de Minuit).

LES YEUX VERTS (1980, Cahiers du cinéma).

AGATHA (1981, Editions de Minuit).

L'HOMME ATLANTIQUE (1982, Editions de Minuit).

SAVANNAH BAY (première édition, 1982, Editions de Minuit).

LA MALADIE DE LA MORT (1982, Editions de Minuit).

CET OUVRAGE A ÉTÉ ACHEVÉ D'IMPRIMER LE VINGT-DEUX MAI MIL NEUF CENT QUATRE-VINGT-QUATRE SUR LES PRESSES DE JUGAIN IMPRIMEUR S. A., A ALENÇON ET INSCRIT DANS LES REGISTRES DE L'ÉDITEUR SOUS LE NUMÉRO 1905

Dépôt légal : mai 1984